詩集

羽の音が告げたこと

山田兼士

砂子屋書房

＊目次

装本・倉本修

詩集

羽の音が告げたこと

I

羽の音が告げたこと

母の死から五年後
父も死んで
消えていく家族の儚さゆえ
軽い虚脱感を覚え始めた二十代の終わり頃

そんな時　そこに
生まれてきた　きみは
透明な羽を背にのせていた
ぼくを父にするために

病院へと続く並木は
木枯らしに枝を揺らし
新生を祝うかのように
枯れ葉を静かに降り注いでいた

初対面の二九八〇グラムのきみは
この世界への長旅に疲れたかのように
ようやく安堵したかのように
静かな笑みを浮かべて眠っていた

出産を終えたひとは
きみが生まれるとき
かすかにはばたく羽音に
思わず耳をすませたといった

だれの目にも見えないが
だれの耳にも聞こえないが
透明な羽は祝福のあかしだ
そのはばたきは鐘の音だ

きみの羽の音が告げたこと　それは
生まれたのはきみだけじゃないこと
ぼくたち自身でもあること
それが新生ということだった

家は正方形

ぼくが生まれ育った家は正方形だった
築百年近い木造の陋屋だった
それでも自分が生まれた時からの持ち家だ
というのが昭和元年三月生まれ（自称）の母の自慢だった

三畳の三和土の右に三畳の台所があった
家の真ん中には腐りかけて補強材を添えた大黒柱
四畳半の部屋が二つ　奥の部屋に病気の祖母が寝ていた
という三歳時の記憶　ある朝北枕の顔に布が被せられた

洪水に備えた小舟が軒下に吊り下げられていた
やがて土間に床が張られて居間になった
井戸と調理場にも床が張られて
小さな庭にベニア張りの四畳半が増築されて

兄とぼくとの部屋になった　二段ベッドつき
数年後に兄が家を出てぼくの個室になり
買ったばかりのステレオで毎日ＰＰ＆Ｍを聴いた
ギターを弾き　たまにベースを弾いた

大学生の時に家は取り壊され
同じ場所に正方形の家が建った　今度は二階建て
ぼくは下宿住まいで　たまに帰省した時には
二階の四畳半で読書し眠り　たまに勉強した

やがて母が逝き　父が逝き　兄が逝き
正方形の家から足が遠のき
志摩半島の峠に白い小さな家を建てた
そこで休暇を家族四人で過ごしたりした

自宅マンションの間取りは長方形だが
そういえば志摩の家は正方形だ
いま思い当たったのだ　偶然とはいえない
自分で設計した家が無意志的記憶の体現でないはずがない

家族四人炬燵で鍋を囲んだ昭和の家は正方形
家族四人食卓で鍋を囲んだ平成の家も正方形

すみよっさん

住吉大社には何度も行った
七五三には父に手を引かれた
数年後には幼い弟の手を引いた
赤い草履で太鼓橋をこわごわ渡った

彼と初詣に行ったのは
結婚後間もない頃だった
不安と期待が入り混じるなか
われ知らず心から祈ったりした

男の子が生まれ女の子が生まれた
子育てのさなか住吉大社に何度も行った
人混みの中こわがる子供たちの手を引いた
朱塗りの太鼓橋をゆっくりそっと四人で渡った

それから長い歳月が流れて
きのう花嫁姿の娘の手を引いて
太鼓橋を渡った　こわがりもせず
橋のたもとで青年の笑顔がむかえる

結婚式は国宝の第一本殿
披露宴は国の有形文化財の神館
どちらも普段は立ち入れない場所だ
樹齢千年以上という大楠が見守っていた

衣裳直し後の入場の時には彼が
娘の手を引いた　その手は
青年の手に委ねられた
太鼓橋がふと見えた

娘のスピーチに驚きながら私は
泣きくずれそうな彼を支えた
その日から私たちの大社は
すみよっさんになった

似非大阪人的告白

大阪周辺に暮らして四十五年になる
いまだに大阪ことばを話せない
というより
とうの昔にあきらめている

生まれ育った西美濃では
語彙は西風　アクセントは東風
普通に美濃ことばで話していると
変な大阪弁　といわれる

島田陽子さんは十一歳で
東京から大阪に引っ越してきた
ことばがおもしろくてすぐに染まったという
大阪ことばで詩や童謡を書いたひとだ

ネイティヴ・スピーカーになるためには
十一歳が限度
という説をきいたことがある
べつにネイティヴにならなければというわけでもないが

息子と娘は生まれも育ちも大阪近郊
さすがに父よりは大阪ことばが板についている
それでもこどもの頃から
ともだちに変な大阪弁といわれてきたという

そういえば
大阪で生まれ育った妻も
ことばは変な大阪弁
両親が東出身だからというのが言い訳だが

やむなく語彙の方を修正した
標準語が（ほとんど）ぼくのデフォルトだがや
これからもずっとこれでやっていくがや
せめて詩のことばに肉声が宿ればええんやけど

まぼろしの藤井寺球場

平成の始め　二十世紀の終わり頃だ
藤井寺球場は熱気につつまれていた
球場から徒歩十分に住んでいた僕は
幼い息子を連れて試合を見に行った

二上山に向かって大きく弧を描いた
ノリの本塁打に息子は目を輝かせた
鳴り物応援が禁止された観客席には
歓声と野次と声援と怒号が渦巻いた

独文学者・評論家の川村二郎さんは
この球場外野席からの古市古墳群は
特上のながめだよ　とぼくに語った
昼間の外野席には　縁がなかったが

一九九七年球団は大阪市内へ移動し
野球が消えた街は急速に静かになり
数年後には球場も全て取り壊された
駅前商店街もやがて廃れてしまった

球場跡地には　小学校が建てられた
いつの日か　孫が入学してくれたら
父兄として　屋上に上らせてもらい
古墳群を眺めようと　ひそかな願い

その寂れた駅前通りに　このところ
飲食店が増えて活況を呈していると
大人になった息子が言うものだから
気になって　さっそくでかけてみた

かつての球場に続く商店街あたりで
なるほど　何件かの店が軒を並べて
それなりに繁盛しているらしい様子
居酒屋「バファローズ」に入ってみる

店中の客達が赤いメガホンを振って
大声で歌い大変な盛り上がりようで
天井近くではブラウン管型テレビが
ノリのホームランを映し出していた

あれは……何年頃の……映像だろう
客の一人に尋ねかけ思わず口を噤む
客席で冷酒を飲む赤法被姿の大男は
引退したばかりの　ブライアントだ

店を出て小学校のあたりを眺めたら
歓声と野次と声援と怒号が渦巻く中
ナイター照明の眩いカクテル光線が
あかあかと　夜空を　照らしていた

喜びも悲しみも安乗岬

荒壁の小家一村《こいへひとむら》
反響《こだま》する心と心
稚児《ちご》ひとり恐怖《おそれ》をしらず
ほほゑみて海に対《むか》へり

（伊良子清白「安乗の稚児」）

志摩の果て安乗岬には何度も行った
自転車を四台連ね坂道を上った
目指すは岬の先端の灯台だ
芝生の前で若駒のように自転車を留めた

「安乗の稚児」の詩碑の背後には
四角形の灯台がそびえていた
映画「喜びも悲しみも幾年月」のロケ地だが
一九六〇年チリからの津波が松林を襲った

今は平らな芝地　岬公園の
右は波打ち付ける荒海　太平洋の
左は波静かな風待ち港　的矢湾の
畑のような入江　牡蠣と海苔の養殖の

入江は稚児のように微笑んだ
八歳の息子と六歳になったばかりの娘が
右の海を見ては顔を見合わせたが
左の海を見ては安堵の表情を見せた

稚児《ちご》ひとり恐怖《おそれ》をしらず／ほほゑみて海に対《むか》へり
と歌った詩人は安乗を訪れたことがない
鳥羽の村医として生涯を過ごし
無心の詩を稚児に託したのかもしれない

沖ゆく船の無事を祈って灯をかざした
灯台の喜びも悲しみも　いまは
幾年月の波と風に清められた
純白の記念碑として聳え立っていた

安乗岬で私たちも　こうして
喜びも悲しみも幾年月　を経て
疾駆し　転倒し　時には空転して
海に対うようになっただろうか　微笑んで

この秋　息子夫婦が灯台を訪れた
次の秋には娘夫婦も孫と訪れるはずだ
反響《こだま》する心と心はどんな和音を奏でるだろうか
稚児は　ほほゑみて海に対ふ　だろうか

II

ヴェルレーヌの雨

Il pleure dans mon cœur,
Comme il pleut sur la ville. — Paul Verlaine

ぼくのこころに　涙降る
くぬぎの枯葉舞い散らふ
のこりわずかなこの命だ
こころの奥で身がすくみ
こえを限りにさけぶかな
ろここの影はいにしえに
にじむ色彩はゆめうつろ
なごやかな夢いまいずこ
みえる光りはそこかしこ
だまってゆれるひと影の

ふと振りかえりまた歩く
るすばん犬がとおせんぼ

まちにも雨が降るように
ちり降る枯葉が風に舞う
にどと出会えぬ良き人よ
もに服しつつ泣きしきる
あふれる思いが頬つたふ
めに浮かぶあの熱い火が
がんこう鋭く狙いを定め
ふくらはぎに命中！ああ
るたくのおもい夜も昼も
よき歌もまたくらやみに
うねるリズムも闇のうち
にんげん達等只風のまま

――風の蹠をもつ男ランボーに

四季派と朔太郎

『四季』朔太郎追悼号に「萩原さんの『父』」
を寄せた津村信夫は　その文中に
師がある日つぶやいた詩句
のことを書いている

それは何か美しい、さうして
又同時にきわめて
悲痛な
余韻となつて、私達の耳に、ながく、ながく残つてゐた。

昭和十二年の初冬
仲間の結婚祝いの席上
何年振りかで師の新作に触れた
詩人たちの驚きの顔が見えるようだ

萩原さんの「父」は詩篇に、
また数多いエッセエの中に、
屢々姿を現してゐる、さうしてそれは、等しく
「永遠の悲壮人」として、歌はれてゐる。

「父」はすべて師の父とされているが
「父は永遠に悲壮である」とは
師自身のことでもあるはず
津村は最後に書いている

やはらかなソファーの上に、からだを埋めるやうに坐つて、
人の目を直視しながら、静かに、そして十分熱を帯びて、
先生の声は続いてゐた。「私達はそれを聴いてゐた。」
もう数年以前の、東京に冬の訪れたばかりのある晩の事であつた。

あのか細い声の詩人と
若者たちを思い浮かべると
父の白鳥の歌にじっと聴き入る
子らの真剣深刻な表情が見えてくる
詩集『宿命』散文詩群の掉尾となった
「物みなは歳日と共に亡び行く」は
散文と韻文の統合から成る
新しい詩境を示している

四季派の瑞々しい抒情に
　晩年の味苦い認識が重なり
照応し　化合することで生じた
ただ一度きりの　超＝散文詩　だった

＊津村信夫の文章は脚韻を意識して適宜改行した

白鳥の歌から聴こえるもの

おまへはもう静かな部屋に帰るがよい。
煥発する都会の夜々の燈火を後に、
おまへはもう、郊外の道を辿るがよい。
そして心の呟きを、ゆつくりと聴くがよい。
（中原中也「四行詩」）

おだやかにただよう　白鳥の歌に
しずかに切なくたゆたう　感傷に
フランスの詩人が晩年に到達した
きよく澄んだ歌が遠くこだました

おとなしくするんだ、私の〈苦悩〉よ、もっと落ち着くんだ。
おまえは〈夕べ〉を求めていた。それが降りてくる。ほら、そこに。
薄暗い大気が街を包むんだ、
ある者には平穏を、ある者には不安をもたらすために。
（ボードレール「瞑想」）
詩人は死者の眼差しをもつことで
憂愁からの脱却をはかり　そして
死の気配を察し捉えた人間のみが
聴き得る　白鳥の歌をこう閉じた
お聞き、ねえ、お聴き、優しい〈夜〉が歩く音を。
「心の呟き」もまた〈夜〉の足音だ
二つの歌はひそかに呼応し合った
「四行詩」は未だ断片にすぎないが

労働者の生活を描く写実的な「郵便局」
不条理を磊落に描く超現実的な「幻想」
七五調散文で歌う感傷的な「かなしみ」
複合的影像による観照的な「北沢風景」

更なる道を遥か遠くに示していた

より深く新しい生の歌　をめざし
書き遺した　散文詩四篇の彼方に
まぼろしの　第三詩集　の燭光が
わずかにかすかに　仄見えていた

ジョバンニの切符

こいつはもう、ほんたうの天上へさへ行ける切符だ。天上どこぢやない、
どこでも勝手にあるける通行券です。（宮沢賢治『銀河鉄道の夜』より）

ジョバンニがいつの間にか所有していた
「黒い唐草のやうな模様に、をかしな十ばかりの字を印刷したもの」
の正体とは何か　と三十年以上思い続けてきた
その正体が分かったのだ突然　講義中のこと

「不完全な幻想第四次の銀河鉄道」ということは
未だ生成途上にあるということ（なぜ鳥捕りがそれを知っている？）
「どこでも勝手にあるける通行券」ということは
その切符が「完全」であるということ（なぜ鳥捕りが知っている？）

完全な切符とは何か？　万能の通行券とは何？
ジョバンニ以外のだれも持っていない切符とは？
たぶん答えは一つしかない
ジョバンニの切符は往復切符なのだ

天上へ向かう乗客たちはみな片道切符
車中で出会った人たちはみな途中で降りて
それぞれ（鳥捕り以外）自分の天上へと歩んで行く
「どこまでも一緒に行かう」と誓い合ったカムパネルラさえ

自らの天上である「石炭袋」の穴に消えて行った
ただひとり残されたジョバンニだけがついに
もとの地上に戻ってきたのだ
永遠とも思われる四十五分の後に

「ほんたうの天上へさへ行ける切符」とは
地上から天上を経て再び地上に帰ることのできる切符のこと
ということは　この地上こそが本当の天上なのだ
ジョバンニの使命は地上に天上を築くこと

最初にすべきことはmilky wayから汲んできた天の牛乳を
病気の母さんに持って帰ること
そして良き知らせを母さんに伝えること
魚捕りの父さんの帰還は福音なのだと

和歌の浦幻想

若の浦に潮満ち来れば潟を無み
　葦辺をさして鶴鳴き渡る（山部赤人）

わかやまの旅は初めに紀三井寺を
かの文左衛門が上った結縁坂を
のぼりきった場所からは和歌の浦が
うみとも思えぬおだやかな入江が
らむね色に輝いていた　冬の午後
にしび射す方向に歩くこと三十分ほど
しおの香の漂う海辺に到着し
ほそながいかたをなみの砂州を歩き

みちしおがかたをなくす時刻
ちの色に海を染めて夕陽が沈んでいく
くれなずむ空に鶴が鳴き渡るような気がした
れきしの闇に目を凝らせば潟は
ばかに大きく今の数倍も広がっていた
かつては島だった　今は地続きだが
たまつしま神社へと舟人が都の歌人たち
を　運んだのだろう　この歌の聖地に
なみしずかな海のほとりに　今もまた
みずしらずの歌人たちが行き交っていた
あかひとの歌碑に目を留め　私たちも
しおかぜに濡れた鳥居をくぐり本殿の方
へと　歩をすすめ　万葉歌人のこころ
を　推し量ろうと念をこめ祈ったあと
さりがたい思いに捉えられながら

しずかに目を閉じたら　ふと感じたのだ
てにとるようにあざやかにその音を
たづ鳴き渡る羽音　いっせいに羽ばたくその音
づづっ　づづっ　と低くひびいたかと思うと
なくさ山の紀三井寺から聞こえる鐘の音と
きみの悪いほど調和し　共鳴し　広がり
わかのうら全体を覆い尽くすほどに
たからかに鳴り渡り　神社の鳥居あたりで
るるるる　と凝り固まったのだ　赤人の声になって

吉野川幻想

吉野川岩波高く行く水の
早くぞ人を思ひそめてし（紀貫之）

よしのやまへは近鉄橿原神宮前から
しずかに飛鳥を南下しながら
のぼり坂を下市口まで　次いで東に向かう
がけ下は吉野川　橋を渡り吉野山を訪れた春
わかやまから　この冬　古刹粉河寺を経て
いつもと違う旅をした　ＪＲ和歌山線を東へ
はるか南に紀伊山地　北は和泉山脈
なだらかな線路は紀の川沿いに走る

みなみに九度山をのぞみ県境を越える
たぶん古代の紀氏がたどった川を離れ北上
かの貫之の父祖の地から都に繋がる
くらい吉野口の山中を経て王寺まで続く
ゆえもなく紀の川の上流が気になった
くどやまあたりで吉野川が合流するのか
みなもとは二川ともに奈良県大台ヶ原
づっと別ものと思い込んでいた二つの川
の　流れが結びついた　通称吉野川
は　紀の川となってとうとうと流れるが
やまあいの岩波高く行く吉野川は
くるしい恋にふさわしい激流だ
ぞうき林を抜け　吉野山からの帰途
ひの暮れる頃にいつも眺めた　あの
とおく落陽の沈む吉野川とは紀の川

を　呼ぶ別名にほかならなかった
おもいがけぬ発見におどろく
もう一度地図をたしかめる
ひがしからにしへ蛇行する川
そのかみ和歌の浦へと都の貴人がたどった
めくるめく急流からおだやかな流れへと
てんずる直前までが吉野川と呼ばれたことを
しずかに紀の国の詩人は歌っている　今も

III

ああ！　新世界

猛暑のなか大阪フェスティバルホールへ
一時間ほど早く到着して
ホール内を散策　三階ロビーに
過去の国際フェスティバルの写真を発見し
一九七四年の写真に目を奪われた　その年ぼくは二一歳
初めてこのホールを訪れた（ああ！　新世界）

この日のプログラムは「三大交響曲」の饗宴
「未完成」「運命」「新世界」を大阪フィルが熱演
唐突に思い出したのは

「ああ！　新世界」だ
フランキー堺主演のドラマは
倉本聰の脚本　これも一九七四年だ

一〇年のブランクを経て一日だけ楽団に復帰した主人公が
演奏（待機）中に辛い過去を思い出すのだが
彼が担当するシンバルの出番は一度だけ
音一つだけ
暗い思い出に浸る主人公はつい
その一音を鳴らしそこねてしまった（ああ！　新世界）

その一音は最終楽章のフィナーレのところだ
と勝手に思い込んでいた
実はもっと前の方にある
弱音で繊細にコントロールする

プロにしか出せない音に
彼は人生を賭けていたのだ（ああ！　新世界）

四二年もの後に
ぼくは初めて気づいた　その微妙な音と心の揺れに
三〇年ほど前　大学構内で垣間見た
その俳優の表情ゆたかな
歩きぶり語りぶりが　その声が
ありありと甦ったのだ

ああ！　新世界

カルメン幻想

カルメンさん江

神戸三ノ宮のカルメンを
初めて訪れたのは学生時代のこと
ナガノに誘われてのダブルデートだった
食べたことのないエビ料理やらフラメンカエッグやら

ナガノは大のスペイン贔屓
有線からはカルメン幻想曲が響き
巨匠ヤッシャ・ハイフェッツの名演奏
恋は野の鳥……その通りだよねとうなずき合う

その十年後　自死したキシモトの追悼会の後
遠方からのウチダさんとマツモトさんと
若い友人バンドウとカルメンで食事した
アンネ＝ゾフィー・ムターのカルメン幻想曲が鎮魂のように流れていた

大震災でも店は無事
ひさしぶりに訪れたこの店に
スワナイアキコの力強いカルメン幻想曲が流れていた
私たちは結婚二十年目を迎えていた

その後バンドウが急死さらにナガノが自死
病み上がりで精神的にも落ち込んでいた時期
カルメンが温かいパエリアで迎えてくれた
タカタニさんの出版記念会　カルメン幻想曲は瑞々しいカミオマユコだった

現在二代目経営者は詩人のオオハシさん
年に数回ここを訪れる　読書会なども頻繁
メニューは冷たいガスパチョと熱いアヒージョなど
なぜかワインは河内産　カルメン幻想曲は円熟のゴトウミドリなど

ふと今　三十年以上前の南仏オランジュ真夏の音楽祭が甦った
ドン・ホセ役がホセ・カレーラスだったことを最近知った
まるでヴァイオリンのように慄えていたホセの倍音
星空の下のカルメン幻想はまさにマボロシの名演

消えたものたちのマボロシを抱えて
病いと諍いをどうにか乗り切って
今春　私たちはルビー婚を迎える
カルメンはだれの幻想曲で迎えてくれるだろう

#「ラ・ボエーム」変奏曲

一九世紀パリのボエミアンは清くまずしい野心家で
友達に恋人を紹介する場で
——ぼくは詩人です
　そして彼女は詩なのです——

二〇世紀モリオカのボエミアンは悲しいアナキスト
家族に恋人の紹介をすると
——ぼくは歌人です
　そして彼女は歌なんです——

二一世紀トーキョーのボエミアンは寂しい道化もの
仲間に恋人を紹介するのも
——ぼく漫画家です
　そして彼女は漫画です——
文学者も美術家も音楽家もこういう場合
彼女は詩です　と　紹介するのが真の愛

書のキュビスムまたは空間の音楽

紫舟の文字たちへ

まず平面から始めてみよう
極太の濃淡から成る墨の跡は
なだらかなリズムを奏でるが
決して行書体に流れることはない

次に平面を重ねて立ててみる
文字たちの影にもまた墨はたゆたい
かすかに光にゆれながら
沈黙のメロディを奏でている

さらに文字たちを鉄で象って
直立させてみる
おはようもありがとうもごめんなさいも
まるでジャコメッティの彫刻のよう

そしてアクリルの角柱の中に
紫舟の文字たちを泳がせてみる
さながら水槽に漂うクラゲたちのように
あらゆる方向から書のキュビスムが歌い出す

「北斎は立体を平面に、紫舟は平面を立体にした」
と評されると　紫舟の文字たちは
たちまち北斎の模写の手前の空間に
鉄細工の輪郭を創り出す

……空間の音楽……
十九世紀フランス詩人のことばが甦る
紫舟の文字たちは
虚空に音楽を描き出しているのだ

紫舟の文字たちはもとめている
その虚空を満たす
始原の像と音と形をそなえた
詩のことばを

ひとに手渡すひとつのことばを

生の的を求めて

歌劇「扇の的」*讃

サンポートホール高松は港の隣
三階ロビーから女木島を遠望し
対岸は平家物語で有名な屋島だ
那須与一が活躍した合戦の場だ

「扇の的」はこの地が舞台の創作オペラだ
夫の死を嘆く葵と義経を信奉する与一が
小舟と渚で歌うアリアがクライマックス
死を求める葵に　生を求める与一が迫る

* 「扇の的」山本恵三台本・田中久美子作曲

敵同士の二重唱は　歌劇ではめずらしい
扇をかざし死に向かう　葵のソプラノに
弓を構え生をうたう　与一のテノールが
生死の境で　妖しく新奇な和音を奏でた

死んで　死んで敦盛に再会するためと葵
生きていつか心置きなく死ぬためと与一
緊迫の二重唱がホール全体に鳴り響いた
生きられる限り生きよ　と与一が歌った

舞台上の陸と海の狭間に　大波が次々と
押し寄せ　砕けて　飛び散った　すると
矢が放たれるや否や瀬戸内の海が轟いた
オーケストラが　トゥッティで咆哮した

矢が扇をつらぬいた　生が死を射止めた
フィナーレは全員合唱による生の讃歌だ
屋島が女木島に接近し潮が陸にあふれた
ホールは海となり　拍手の波が渦巻いた

終演後　防波堤を先端まで歩いていたら
夕陽が女木島を赤く染め光の矢を放った
屋島の上空に　たちまち夕雲が立ち上り
葵と与一の二重唱が　不意に　立ち上り

灯台に灯がともって　あたりを
劇場の照明のように　照らすと
夕陽の一筋が　灯台を目指して
走ったのだ……生の的を求めて

エル・グレコの貴婦人

ボードレール没後二十年目のある日
クレペに証言を求められプラロンは答えた

　彼には熱中癖があって、テオトコプリという画家にひどく惹かれ、二、
三枚の絵を見に入っては立ち去るのでした

テオトコプリとはエル・グレコの本名
クレペに証言を求められシャンフルーリは答えた

　容貌、眼、色調など、何より新奇を好んだボードレールの理想的女性
像を思い描く上で、綿密に研究する価値があります

「グレコの娘の肖像」後に「アーミンの貴婦人」
と呼ばれるようになったその絵は
展覧会で見たことがある
古典的彫刻美と近代的憂愁が融合した肖像画だ
――美とは熱くて悲しい或る物……（ボードレール「火箭」）
現在はスコットランドの
ポロック・ハウス美術館にある
ウェブで調べてみると……

エル・グレコ作「毛皮の婦人」、フランス語題名は「Dame à l'hermine」
「hermine」とは「アーミン、白貂（オコジョ）の毛皮」

毛皮の婦人＝アーミンの貴婦人＝オコジョの女

それにしてもこの肖像
後のグレコの画風とは随分違う
初期作品だから？
プライベートに描かれたから？（妻の肖像との説も）
トレドからパリを経てスコットランドに渡った経緯は？
様々に憶測を呼ぶ作品だ

『悪の華』初期作品とこの女性像との関連が
（もしかしたら）
見つかるかもしれない

IV

夢幻境

二十歳のノートより

I

影

水色の影
闇の中に灯る
小さな影

陰と陽の氾濫に
堰切って流れ出した
無数の黒い痣

熱い炎となって
薄紫色に燃え上がる
魂のひとかけら
それは
星のかたちをしていたかもしれない

*

朝靄が流れる
新緑の草原
走り去る星粒の群れ

不協和な
無数の光線の輝き

一条の光から
幾粒かの滴が
草の葉に落ち
やがて沈んでいく

たったひとつ残された星
の傍らを
黒と白の
まだら模様の鴉が
駆け抜けていく

手と足は
地平線の彼方に
置き去りにしたままだ

＊

狂気は失われ
虚ろな夢だけが
眼の裏に棲みついてしまった

突然の倦怠
一瞬の身震い

まのびした笑いは
天使の浮棺に
よく似ている

過ぎ去った季節は
涙のかたち

それはあの青白い海のむこうから
潮風に
運ばれてきたものだ

それは
引き裂かれた
白い魂を思わせる

*

世界は　たぶん
慰安に充ちていて……
永久に終わりのない
押し潰された円環をしている

世界は　終わるのではなく
まして　始まるのでもなく
押し潰され
押し広げられていくものだ

時間は一秒ずつ
降り積もる
まるで
窓辺に降る雪が
いつの間にか世界を
原野に変えてしまうように

闇

灰色の闇
なにもしないでいる
真昼の闇

黒い花ひとつ
口をあけている
その誘いに惹かれながら
立ち尽くしている

ここは
年老いた砂漠
それとも密室

蠱惑の日々が

始まろうとしている

＊

鐘の音に導かれ
君は急ぎ足でやってくる
果てしない「今」
の氾濫に
死者は銀河系の外に
飛び散ってしまう

＊

ほほえみは
冷淡の証し

太陽は
ただひとつの弔花
海は
広大な墓場

死のおぞましさは
生の執着のため
人はみな
死者の心臓を息づかせている

希望は
彼方から突然
疾風に運ばれてくる

彼方

それは馥郁たる
星の群れの
真ん中に渡された
透明な夢の浮き橋

＊

人が望むのは
生きながら死ぬこと
なぜならそれは
権利だからだ
人には
償いをする権利がある

＊

そのとき
オルフェウスは涙を流したか
乾くことのない
苦い血の涙を流したか

出会いの悲しみは
視線を曇らせたか

意志の高揚は
色褪せた
ひとときの永遠を
演出する
在るものは……
あまりにも在りすぎる

そのとき君は
別の遊星になりたいと
望んだだろう

*

豊穣さは
あまりに眩く
闇の貧しさのために
かえって輝きを失ってしまう
そしてあまりに深い欲望が
私を
すっかり

萎えさせてしまう……
君が在るだけで
私は在りすぎてしまうのだ

＊

一本の煙草が
私を呼び戻そうとする
一日が私を捕えて放さない

まどろみに身を委ねても
夢幻境は遠ざかる

煙をくゆらせながら
私は

空間を
手に入れる……

Ⅲ

昼
静寂の昼
やわらかな日差しと
ゆるやかな眼差し

昼は白く
絹糸で縫われた喪服
よりさらに白く
ことばの色をしている

あまりにも眩しくて
声をかけることもできない
君は
光の中で
何かを見詰めている
君の瞳は黄昏の色をしている
君は
自分の瞳を
見詰めているのかもしれない……

*

君は記憶……
のかたちをしている

だから私は……記憶……
を探し出さなければならない
枯れ果てた記憶の隅々までも
尋ね歩くだろう

*

オートバイの轟音と
排気ガスの匂いとの
計算された
精緻な有機体

群衆のざわめきと
駅のアナウンスとの
奇妙な二重唱

モーツァルトと
リズム&ブルースとの
曖昧な相関図

野良猫たちの悲しみは
人知れぬ公園に
そっと置き忘れられている

＊

月光に揺らぐ
木々のざわめきが
再び
まどろみへと誘う

いつの間にか
何かを置き去りに
したことに気付く

夢は君よりも明晰で
君はなによりも
韜晦に充ちている
その曖昧さのために
夢の中に
君を……追い続ける……

＊

夢幻境
あらゆる時間が

不在でもなく
実在でもなくなって
ただひとつの「今」が
無数の虹となって
私たちをとりまくところ

時間はもはや
降り積もらず
空間は
押し潰されはしない
君は
私たちでしかない……

*

記憶のかたちをした
君を保存しよう
記憶……
の中に
瞳……
の中に
引き裂かれた夢のかたちを
過去に見出そう

夢幻境は
記憶……
の隅にも
かたちを……留めていない
かすかな……音と……
わずかな……気配だけが……

ただ……
ただ……
いつまでも……

あとがき

前詩集『月光の背中』以後、三年ほどの間に書いた作品をまとめて第五詩集としました。「夢幻境」は二十歳の頃の作品を大幅に改稿したもので、いわば二十歳の自分とのコラボレーションです。「Ⅰ」の作品も含めて、今回はかなり懐旧的な作品が多くなりました。「Ⅱ」には文学作品との対話（詩論詩）を、「Ⅲ」には音楽や美術との対話（芸術論詩）を集めました。その文脈でいうなら、「Ⅰ」と「Ⅳ」は自身（や家族）との対話詩と呼べるかもしれません。詩はモノローグではなくディアローグなのだ、との思いが近年ますます強くなっています。

今回は散文詩をまったく収録していませんが、これは永年の懸案だったボードレール『小散文詩　パリの憂愁』全訳に熱中していたことの反動かもしれません。次の詩集ではあらためて散文詩の実作も試みたいと考えています。

そうした紆余曲折のはてのささやかな一冊ですが、少しでも多くの方の目に（耳に）触れることを願って「あとがき」とします。砂子屋書房の田村雅之氏には大変お世話になりました。

二〇一九年春　　　　山田兼士

初出一覧

I

羽の音が告げたこと	「樹林」二〇一八年二月号
家は正方形	「QUARTETTE」第三号　二〇一七年四月
すみよっさん	「別冊・詩の発見」第一六号　二〇一七年三月
似非大阪人的告白	「ミて」第一三九号　二〇一七年六月
まぼろしの藤井寺球場	「びーぐる　詩の海へ」第三九号　二〇一八年四月
悲しみも喜びも安乗岬	「詩素」第四号　二〇一八年五月

II

ヴェルレーヌの雨	「樹林」二〇一七年二月号
四季派と朔太郎	「別冊・詩の発見」第一七号　二〇一八年三月
白鳥の歌から聴こえるもの	「別冊・詩の発見」第一七号　二〇一八年三月
ジョバンニの切符	「交野が原」第八二号　二〇一七年四月
和歌の浦幻想	「交野が原」第八四号　二〇一八年四月
吉野川幻想	未発表

Ⅲ

ああ！　新世界　「QUARTETTE」第二号　二〇一六年一〇月
カルメン幻想　「ポスト戦後詩ノート」第三号　二〇一七年四月
ラ・ボエーム変奏曲　「交野が原」第八三号　二〇一七年九月
書のキュビスム　「現代美術の夢」第一号　二〇一七年九月
生の的を求めて　「別冊・詩の発見」第一七号　二〇一八年三月
エル・グレコの貴婦人　「樹林」二〇一九年二月号

Ⅳ

夢幻境　「QUARTETTE」第四号　二〇一七年一一月

山田兼士　主要著書

詩集
『微光と煙』　思潮社　二〇〇九年
『家族の昭和』　澪標　二〇一二年
『羽曳野』　澪標　二〇一三年
『月光の背中』　洪水企画　二〇一六年

評論
『ボードレール《パリの憂愁》論』　砂子屋書房　一九九一年
『小野十三郎論―詩と詩論の対話』　砂子屋書房　二〇〇四年
『ボードレールの詩学』　砂子屋書房　二〇〇五年
『抒情の宿命・詩の行方―朔太郎・賢治・中也』　思潮社　二〇〇六年
『百年のフランス詩―ボードレールからシュルレアリスムまで』　澪標　二〇〇九年
『谷川俊太郎の詩学』　思潮社　二〇一〇年
『詩の現在を読む 2007-2009』　澪標　二〇一〇年
『高階杞一論―詩の未来へ』　澪標　二〇一三年
『萩原朔太郎《宿命》論』　澪標　二〇一四年
『詩と詩論 二〇一〇―二〇一五』　澪標　二〇一六年
『詩の翼 *Les Ailes de Poésie*』　響文社　二〇一七年

翻訳
『ボードレールと「パリの憂愁」』（ヒドルストン著）　沖積舎　一九八九年
『ドビュッシー・ソング・ブック　対訳歌曲詩集』　澪標　二〇一三年
『小散文詩　パリの憂愁』（訳と解説、ボードレール著）　思潮社　二〇一八年

詩集　羽の音が告げたこと
二〇一九年四月三日初版発行
著　者　山田兼士
発行者　田村雅之
発行所　砂子屋書房
東京都千代田区内神田三－四－七（〒一〇一－〇〇四七）
電話〇三－三二五六－四七〇八　振替〇〇一三〇－二－九七六三一
URL http://www.sunagoya.com
組　版　山響堂 pro.
印　刷　長野印刷商工株式会社
製　本　渋谷文泉閣